Analyse de l'œuvre

Par Elena Pinaud et Nasim Hamou

Dix petits nègres

d'Agatha Christie

lePetitLittéraire.fr

Rendez-vous sur lepetitlitteraire.fr et découvrez :

Plus de 1200 analyses
Claires et synthétiques
Téléchargeables en 30 secondes
À imprimer chez soi

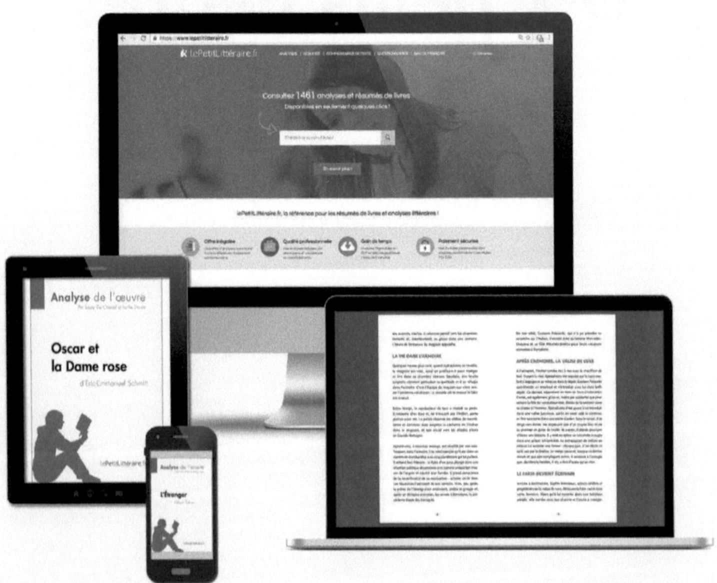

AGATHA CHRISTIE

ROMANCIÈRE, DRAMATURGE ET NOUVELLISTE ANGLAISE

- **Née en 1890 à Devon**
- **Décédée en 1976 à Oxford**
- **Quelques-unes de ses œuvres :**
  - Le Crime de l'Orient Express (1934), roman
  - *Mort sur le Nil* (1937), roman
  - *Le Retour d'Hercule Poirot* (1959), recueil de nouvelles

Agatha Christie est l'une auteure anglaise de romans policiers, très prolifique et mondialement connue. Elle a écrit plus de soixante romans (Le Meurtre de Roger Ackroyd, 1926 ; *Un meurtre sera commis le*, 1975 ; *Poirot quitte la scène*, 1975), plusieurs pièces de théâtre (La Souricière, 1947), deux autoportraits et six romans sous le pseudonyme de Mary Westmacott. Certains de ses détectives, à l'instar d'Hercule Poirot et de Miss Marple, sont des personnages récurrents dans ses livres.

Ils excellent par un style toujours étonnant, mais reconnaissable grâce à des constantes telles que leur don de maintenir jusqu'à la fin l'énigme et le suspense ou de réserver un effet de surprise, leur spontanéité ainsi que leur humour.

DIX PETITS NÈGRES

D'UNE COMPTINE POUR ENFANTS AUX MEURTRES ANGOISSANTS

- **Genre :** roman policier
- **Édition de référence :** *Dix petits nègres*, traduit de l'anglais par Gérard de Chergé, Paris, Librairie des Champs-Élysées, 1993, 312 p.
- **1ʳᵉ édition :** 1939
- **Thématiques :** angoisse, meurtre, isolement, culpabilité, enquête, mise en scène

Dix petits nègres est un roman policier qui propose aux lecteurs une macabre mise en scène d'une série de meurtres en huis clos contre laquelle la justice est impuissante. Ces homicides sont perpétrés sur d'anciens accusés, disculpés faute de preuve, dans le but de les punir de leurs actes. L'atmosphère mystérieuse et angoissante, le rythme des dialogues, la dimension ludique (le lecteur peut essayer de deviner qui est l'assassin) et l'organisation très structurée de l'histoire continuent à séduire les lecteurs de tous âges.

RÉSUMÉ

LA MYSTÉRIEUSE FAMILLE O'NYME

L'affaire se déroule dans les années quarante, dans le comté de Devon au Sud de l'Angleterre. Le premier chapitre met en scène presque tous les protagonistes du roman en route pour l'ile du Nègre : le juge Wargrave, Vera Claythorne, le capitaine Philip Lombard, Miss Emily Brent, le général MacArthur, le Dr Armstrong, Anthony Marston et Mr Blore. Ils ont tous été invités par Mr et Mrs O'Nyme, les propriétaires de l'ile. Cependant, une fois réunis sur le petit port, les invités se rendent compte que personne ne connait ni les O'Nyme, ni l'ile du Nègre qui, vue de loin, « [a] quelque chose de sinistre » (p. 23).

La maison des O'Nyme est très moderne et leurs domestiques, Mr et Mrs Rogers, assurent un service irréprochable. Ils affirment toutefois ne pas connaitre les propriétaires qui, d'ailleurs, ne se trouvent pas sur place. Vera, qui découvre dans sa chambre les paroles d'une comptine parlant de dix nègres qui disparaissent les uns après les autres, pense que la présence de ce texte vient tout simplement du nom de l'ile (« L'île devait son nom à sa ressemblance avec une tête d'homme aux lèvres négroïdes. », p. 17).

LA COMPTINE DES *DIX PETITS NÈGRES*

Lors du diner, les huit convives se rendent comptent que, d'une part, la comptine sur les dix petits nègres est présente dans la chambre de chacun d'entre eux et que, d'autre part, sont placées dix statuettes de petits nègres sur la table de la salle à manger. Peu après, une voix venue de nulle part accuse toutes les personnes présentes sur l'ile d'avoir commis un crime, les plongeant tous dans le trouble.

En réalité, la voix provient d'un disque mis sur un gramophone dans une pièce voisine. Mr Rogers avoue alors avoir reçu une lettre des O'Nyme avec l'ordre de mettre le gramophone en marche. Il explique que lui et sa femme ont été embauchés, par l'intermédiaire d'une agence, pour Algernon Norman O'Nyme, qui leur envoie des directives par la poste. Les invités, d'abord étonnés, sont outrés par les accusations qui sont portées à leur encontre et chacun tente de s'en défendre.

À la suggestion du juge Wargrave, chaque invité explique la raison de sa venue sur l'ile et réagit par rapport aux accusations entendues : certains nient en bloc, d'autres s'en offusquent, tandis que d'autres, comme Lombard ou Marston, admettent leur culpabilité tout en se dédouanant de toute responsabilité. Le juge observe très justement que les initiales du couple hôte composent le mot « anonyme » (Algernon Norman O'Nyme). Il en conclut que celui qui a envoyé les invitations « en sait long sur chacun » (p. 50) et propose aussitôt de quitter l'ile. Toutefois, comme le précise Mr Rogers, le seul moyen de partir est le bateau qui vient chaque matin avec des provisions.

LES PREMIERS MEURTRES

Dès la fin de soirée, les meurtres débutent : Anthony Marston boit une gorgée de whisky et décède. Le Dr Armstrong analyse alors le verre et affirme que Marston est mort empoisonné. Tandis que le docteur conclut à un suicide, Vera ne peut s'empêcher de penser qu'Anthony Marston est mort comme dans le premier vers de la comptine dans lequel l'un des dix « nègres » s'étrangle en buvant.

Réveillé en pleine nuit par le domestique Rogers, le Dr Armstrong constate un nouveau décès, celui de Mrs Rogers, et décide d'attendre la fin du petit-déjeuner pour annoncer la nouvelle à tous les autres convives.

Ce matin-là, le bateau du passeur n'arrive pas, et les invités commencent à s'inquiéter, d'autant plus que le temps se gâte. Leur angoisse s'accroit encore davantage quand Rogers découvre qu'il n'y a plus que huit statuettes de nègres sur la table de la salle à manger. Lombard pense que toutes les personnes réunies sur l'ile sont concernées par « des crimes dont on ne peut pas épingler les auteurs » (p. 87), et que Marston et Mrs Rogers ont été assassinés par A. N. O'Nyme, qui doit forcément se trouver sur les lieux. Blore, le Dr Armstrong ainsi que Lombard, muni d'un pistolet, décident d'inspecter l'ile. Ne trouvant aucune trace d'O'Nyme ni sur l'ile ni dans la maison, les invités finissent par se suspecter les uns les autres.

À l'heure du diner, MacArthur s'absente avant d'être retrouvé mort, frappé à la tête à l'aide d'une matraque. Le juge Wargrave fait alors le bilan de la journée et sa conclusion est sans appel : O'Nyme ne peut être que l'un d'entre eux. Il organise une sorte d'enquête, en reconstituant les moments des décès de Marston et de Mrs Rogers ainsi que les actions de chaque invité lors de ces évènements. Le juge conclut que personne ne peut être mis formellement hors de cause. Le criminel est parmi eux : la méfiance est donc de mise.

Le lendemain matin, c'est au tour de Mr Rogers d'être retrouvé mort, la tête frappée avec une hache. Sur la table de la salle à manger, il n'y a plus que six statuettes, ce qui n'empêche pas les invités de continuer leur journée normalement.

Après le petit-déjeuner, Miss Brent, restée seule dans la salle à manger, entend un bourdonnement d'abeille et sent une piqure dans le cou : les autres la retrouveront morte. Armstrong, seul détenteur d'une seringue, est obligé de se laisser fouiller, mais la seringue ne se trouve plus dans ses bagages. Dès lors, le juge décide d'inspecter chacun des cinq survivants et de mettre en lieu sûr les médicaments d'Armstrong et le révolver de Lombard, qui a également disparu. Blore découvre finalement la seringue, jetée par la fenêtre de la salle à manger, avec la cinquième statuette.

Vera, seule dans sa chambre, est effrayée par une algue accrochée au plafond qu'elle prend pour une main qui veut l'étrangler. Alertés par ses cris, les survivants, à l'exception du juge, se précipitent auprès d'elle. Après avoir eu la certitude que tout danger était écarté, ils retournent dans la salle à manger et découvrent le cadavre de Wargrave, assis dans un fauteuil, vêtu d'une robe écarlate (le rideau rouge de la salle de bains qui avait disparu) et d'une perruque de juge improvisée. Armstrong constate qu'il a été tué d'une balle dans la tête.

Cette nuit-là, Blore entend des pas dans le hall et aperçoit une silhouette quitter la maison. Il réveille les autres et constate qu'Armstrong a disparu à son tour. Blore et Lombard partent alors à sa recherche, mais reviennent sans avoir pu le trouver. Entretemps, une autre statuette de la salle à manger a disparu.

LE CRIME PARFAIT

Le lendemain matin, les trois survivants sont sur les nerfs. Vera pense qu'Armstrong leur a tendu un piège en simulant sa disparation, car la comptine mentionnait un « poisson d'avril ». Tous les trois quittent alors la maison à la recherche du docteur. Rentré à la maison pour manger, Blore est retrouvé mort par Lombard et Vera, la tête fracassée par une horloge.

Angoissés par ce meurtre, les deux rescapés se réfugient sur les falaises d'où ils aperçoivent le corps d'Armstrong, mort noyé. Tandis qu'ils sortent son cadavre de l'eau, Vera en profite pour subtiliser le révolver de la poche de Lombard et le tue, convaincue qu'elle ne sera plus en danger une fois seule sur l'ile.

De retour à la maison, elle constate que trois statuettes sont encore présentes sur la table de la salle à manger. Elle en jette deux et conserve la dernière. Elle monte alors dans sa chambre où elle trouve une corde attachée au plafond et une chaise en dessous. Épuisée psychologiquement, elle se pend.

À la découverte des corps, une enquête est menée pour découvrir le coupable. Deux inspecteurs de Scotland Yard,

Thomas Legge et Maine, discutent des dix cadavres découverts sur l'ile du Nègre, achetée par un certain Isaac Morris (personnage louche, mort mystérieusement juste avant l'arrivée des dix personnages sur l'ile) pour Mr O'Nyme. Selon leur enquête, les invités auraient tous été impliqués dans des crimes, mais aucun n'avait été reconnu coupable par manque de preuves. Ils pensent que le criminel est forcément l'une des dix personnes assassinées sur l'ile. En lisant les journaux intimes, Maine reconstitue la chronologie des meurtres. Il en conclut qu'après la mort de Vera, il restait encore un survivant sur l'ile qui a pu ranger la chaise dont Vera s'était servie pour se pendre. Il ne parvient toutefois pas à comprendre qui était le criminel.

Le dernier chapitre est la confession écrite du juge Wargrave, le criminel de l'ile du Nègre, qui avait simulé sa mort aux yeux de ses victimes afin d'échapper à tous soupçons. Il y avoue ses crimes dans une lettre qu'il signe et jette à la mer dans une bouteille fermée. Ainsi, si la lettre arrive entre les mains de la police, le secret des crimes sera levé ; dans le cas contraire, le mystère restera entier. Il y explique qu'étant à la fin de sa carrière et atteint d'une maladie mortelle, il a décidé de finir sa vie en « artiste du crime » (p. 211) et de commettre le crime parfait, que personne ne pourra déchiffrer. Se fiant aux on-dit, il avait découvert les secrets de ses futures victimes et les avait convoquées sur l'ile du Nègre, précédemment achetée avec l'aide d'Isaac Morris qu'il tua en l'empoisonnant. Isaac Morris est donc sa dixième victime, puisque Wargrave se suicide tout en se jugeant profondément innocent.

La lettre est finalement découverte par le patron du chalutier l'*Emma Jane* et est envoyée à Scotland Yard.

ÉTUDE DES PERSONNAGES

LE JUGE WARGRAVE

Wargrave, personnage avec lequel s'ouvre et se termine le livre, est un ancien juge craint dans le monde de la justice et ayant reçu le surnom de « pourvoyeur de la potence » (p. 32) pour son intransigeance. Le Dr Armstrong se souvient qu'« avec les jurés, il avait la manière : on le disait capable de les manipuler à sa guise et de les retourner comme un gant. Il leur avait ainsi arraché quelques condamnations douteuses » (p. 32).

Il s'érige en juge suprême sur l'ile du Nègre et manipule les autres personnages comme des marionnettes. Outre son talent de juge impitoyable, Wargrave a bien d'autres qualités :

- fin psychologue, il est capable de prévoir les réactions de ses prochaines victimes. Ainsi, il envoie à chacun une fausse invitation, assez bien écrite pour tromper tout le monde et les attirer jusque sur l'ile ;
- intelligent, il organise et mène une enquête comme un vrai policier ;
- il est aussi doué en tant qu'acteur (il dissimule très bien son jeu) que metteur en scène (il « voulai[t] commettre un crime théâtral, impossible », p. 212) ;
- il aurait pu être écrivain de romans policiers et se pense « doté d'une imagination incurablement romanesque » (p. 209).

En somme, il est le criminel parfait (« J'avais pour ambition d'inventer une énigme criminelle que personne ne pourrait résoudre », p. 220). Wargrave est donc un personnage complexe :

- adolescent diabolique, il aimait torturer et tuer des insectes, tout en éprouvant simultanément un immense plaisir et des remords impitoyables ;
- adulte très sûr de lui, il est animé par un sentiment de justice particulier. Ainsi, « il en arrive à se croire omnipotent, détenteur du droit de vie et de mort sur tout un chacun... » (p. 125). Il se fie à son instinct et est capable de sentir un criminel, se vantant de n'avoir jamais commis d'erreur judiciaire grâce à cette capacité de perception. Cette confiance en soi et cette folie avaient été décelées par l'un de ses congénères qui l'a qualifié de « fanatique de justice ayant une araignée au plafond » (p. 205) ;
- ambitieux, il veut finir sa vie « dans un flamboiement d'émotions ». « Je vivrais avant de mourir », dit-il (p. 214).

Il est à l'image d'une sorte de nouveau Satan : tout-puissant dans son « enfer » (l'île du Nègre), il dispose à son gré de ses victimes. Il tue ses victimes selon un ordre préétabli : ceux qui, selon lui, étaient moins coupables sont tués en premier lieu, tandis que les plus coupables sont exécutés par la suite. Il fait également preuve d'une grande ingéniosité : il se suicide avec le révolver de Lombard, en se servant d'un système de cordes et d'un mouchoir, pour donner l'impression aux enquêteurs qu'il a véritablement été tué d'une balle dans la tête, comme consigné dans les journaux intimes de ses victimes.

VERA CLAYTHORNE

Cette jeune femme, ancienne gouvernante, professeure de gym et secrétaire particulière pendant les vacances scolaires, a commis un crime par amour : elle a feint de sauver de la noyade Cyril, l'enfant dont elle était la gouvernante, afin que son amoureux, Hugo, l'oncle de Cyril, puisse hériter de la fortune familiale et l'épouser. Cependant, elle nie en être responsable et affirme avoir tout fait pour sauver l'enfant.

Très intelligente, elle comprend assez rapidement le rôle de mise en garde de la comptine sur les dix nègres. C'est elle qui subira le supplice de l'attente de la mort le plus longtemps, car elle meurt la dernière : manipulée par Wargrave, elle se pend, épuisée par la peur, les remords et le désespoir. Selon la logique de Wargrave, elle aurait donc commis le crime le plus grave. De plus, elle a un esprit très logique, elle essaie de se maitriser et se méfie de tous les autres invités sur l'ile.

LE CAPITAINE PHILIP LOMBARD

Ancien marin démuni, Lombard reconnait avoir abandonné et laissé mourir un groupe d'indigènes en Afrique tout en justifiant son acte par le fait que « le premier devoir d'un homme, c'est sa propre survie » (p. 54). Présent sur l'ile pour un travail non précisé, il s'est laissé entrainer dans l'aventure meurtrière de l'ile du Nègre sans savoir qu'il s'était fait piéger, bien qu'il ait l'habitude des affaires louches : « Dans les activités passées de Lombard, la légalité n'avait pas toujours été une condition sine qua non. » (p. 10)

Étant l'avant-dernier à mourir, son crime est considéré comme très grave par Wargrave. Pourtant, grâce à son esprit d'aventurier et à ses expériences de toute nature, il ne vit pas dans la peur, comme les autres. Il est le seul à avoir deviné par hasard l'identité du criminel et ses motivations, avant de laisser tomber cette piste quand le vieux juge simule sa mort.

MISS EMILY BRENT

Cette célibataire dévote a été élevée dans le plus pur esprit militaire et religieux par sa famille. Elle fait preuve d'une grande fermeté dans ses attitudes et porte volontiers des jugements sur les autres. Elle ne craint pas la mort, puisqu'elle pense avoir mené une vie irréprochable. Elle se juge sincèrement innocente du crime dont elle a été accusée, celui d'avoir chassé de sa maison une domestique tombée enceinte qui a fini par se suicider. Elle est le cinquième personnage à trouver la mort.

LE GÉNÉRAL MACARTHUR

Cet ancien militaire est le troisième à trouver la mort. Comme c'est le cas pour la majorité des autres personnages, ses souvenirs sont trop lourds à porter ; ils lui pèsent sur la conscience et le sentiment de culpabilité devient de plus en plus fort. Leur sentiment d'innocence n'est qu'une façade. Son crime a été d'envoyer en mission de reconnaissance un jeune officier lors de la Première Guerre mondiale (1914-1918), tout en étant parfaitement conscient des risques qu'il encourait : ce dernier y trouva la mort. Les intentions du général étaient en réalité vengeresses : il a envoyé expressément l'officier pour le punir d'être l'amant de sa femme.

Il n'a pas la force intérieure des autres pour dissimuler ses craintes. Ainsi, à partir du moment où il comprend qu'il va mourir sur l'île, il trouve enfin la paix : la mort signifie la fin de ses tourments.

DR ARMSTRONG

Médecin réputé, Armstrong a mené une belle carrière. Il est cependant troublé par le lourd souvenir d'une femme, morte des suites d'une opération qu'il a effectuée en état d'ébriété.

Il est crédule et naïf. Ainsi, Wargrave le manipule facilement et en fait son complice en le dupant pour mettre en scène son suicide. En effet, lors de la découverte du corps de Wargrave, Armstrong est le seul à s'approcher du soi-disant cadavre du juge. Ce stratagème a été mis en place par Wargrave pour se faire passer pour mort aux yeux des autres et pouvoir continuer ses crimes. Pourtant, le docteur l'aide de bonne foi, persuadé que cela permettra au juge d'observer plus efficacement les autres invités et de démasquer l'assassin qui, selon lui, commettra immanquablement une erreur. Pourtant, dès que le docteur ne lui est plus d'aucune utilité, le juge le tue. Pour s'en débarrasser, Wargrave lui tend un piège : sous prétexte de vouloir épier l'assassin de leurs congénères, ils se rejoignent sur les falaises qui bordent l'île. Wargrave en profite alors pour le précipiter dans l'eau en pleine nuit.

ANTHONY MARSTON

Ce « beau gosse » (p. 15) est la première victime de Wargrave. Il est perçu par ce dernier comme un jeune homme amoral, sans conscience, sans sens des responsabilités et sans éducation. En effet, il continue à nier être responsable de l'accident de voiture qui a provoqué la mort de deux enfants ayant surgi, selon lui, subitement devant son automobile.

MR BLORE

Ancien policier corrompu, Mr Blore est jugé indigne de travailler dans le monde de la justice par Wargrave. En effet, Blore a témoigné à charge contre un braqueur, l'accusant d'avoir tué le veilleur d'une banque. Emprisonné, l'accusé est décèdé. Or, payé pour mentir, Blore a en réalité produit un faux témoignage. Wargrave estime ce crime assez grave et punit Blore en le tuant.

MR ET MRS ROGERS

Domestique de la maison sur l'ile des Nègres, ce couple n'est pas totalement irréprochable sur le plan moral : il a en effet travaillé pour une riche veuve tombée malade une nuit orageuse. Mr Rogers estime qu'il n'a rien pu faire pour la vieille femme, décédée avant qu'il ne revienne avec un médecin. Le couple a ainsi hérité d'une belle somme.

Wargrave considère pourtant que Mr Rogers est le vrai responsable de la mort de son ancienne patronne et lui réserve, par conséquent, une fin violente, tandis que Mrs Rogers, déjà victime de ses remords et ayant agi sous l'influence de son époux, meurt dans son sommeil.

- 16 -

CLÉS DE LECTURE

UN ROMAN POLICIER ATYPIQUE

À plus d'un égard, *Dix petits nègres* est un roman policier inhabituel. Si le point de départ est simple (dix personnes, sans aucun lien apparent, se réunissent dans un lieu clos), l'histoire se complexifie sensiblement à mesure que des détails sont donnés (ainsi, les accusations de crime, les souvenirs puis les remords des protagonistes montrent à quel point ces derniers ne sont pas là par hasard). Agatha Christie joue avec les codes du roman policier pour composer un récit dans lequel le lecteur perd ses repères :

- le meurtrier et l'enquêteur sont une seule et même personne, le juge Wargrave. Celui-ci mène l'enquête sur les meurtres qu'il commet, devenant à la fois un justicier et un criminel. À lui seul, Wargrave illustre l'absence de manichéisme dans le roman. De plus, le fait qu'il n'y ait pas, à proprement parler, d'enquêteur désarçonne le lecteur qui ne peut s'identifier à ce personnage et accéder à ses indices ;
- l'auteure « triche » et se joue du lecteur. Ainsi, elle fait croire à la mort du coupable au beau milieu du roman pour mener le lecteur sur une fausse piste (juste après avoir donné la solution du mystère, via le personnage de Lombard, qui a trouvé, par hasard, le coupable). Ainsi, les nombreux indices et pistes possibles ne font que dérouter le lecteur ;
- la question de savoir qui est l'assassin côtoie, dans *Dix petits nègres*, une autre interrogation essentielle, mais

inhabituelle dans les romans policiers : qui sera la prochaine victime ? ;

Dix petits nègres est un roman policier atypique dans lequel on ne combat pas le crime. Wargrave, qui est l'enquêteur/assassin, peut difficilement être le garant de la justice. Il est en cela très éloigné de personnages d'enquêteurs davantage traditionnels comme Hercule Poirot, créé par Agatha Christie, ou encore Sherlock Holmes d'Arthur Conan Doyle (écrivain britannique, 1859-1930). Plus qu'un roman de policiers, il s'agit d'un roman de criminels qui se consume à mesure que les victimes disparaissent. Dès que le dernier « nègre » de la comptine a rendu son dernier souffle, l'histoire s'achève.

LE WHODUNIT

Le *whodunit* est un terme venant de l'anglais « *Who [has] done it* » (trad. « Qui l'a fait ») qui désigne les romans policiers dont l'intrigue repose sur un mystère. À contrario, dans le thriller, le mystère (si tant est qu'il y en ait un) n'est pas au centre de la résolution de l'intrigue, la focale est portée sur les évènements et les réactions des personnages. Ainsi, le *whodunit*, genre le plus emblématique du roman policier, est un roman d'énigme dans lequel les protagonistes (et le lecteur) essayent de déterminer l'identité de l'assassin. La résolution du mystère est déterminante pour l'intrigue, et des indices sont laissés au lecteur tout au long du récit. On parle de roman-jeu car l'intérêt principal y est de démasquer le coupable avant le personnage principal. Ce genre était très en vogue dans la littérature anglo-saxonne du début du XXᵉ siècle.

LA COMPTINE ET LA MISE EN ABYME

La comptine *Dix petits nègres* est, à l'origine, une chanson américaine écrite au XIXᵉ siècle. Son rôle dans le roman est essentiel : fil conducteur de l'histoire, elle participe à la mise en abyme. En effet, cette comptine prédit le sort infligé à chacune des personnes invitées sur l'île du Nègre. Quant aux dix statuettes de nègres, leur mission est de marquer le rythme de l'élimination des invités et de mettre de la pression sur les survivants.

La petite histoire racontée dans la comptine annonce en effet la grande Histoire, celle écrite par Agatha Christie, et chaque personnage est tué selon la manière décrite dans la comptine : le premier est empoisonné ; le deuxième est tué dans son sommeil ; le troisième meurt « dans le Devon » ; le suivant est tué avec sa hache, quand il se préparait à couper du bois ; le cinquième est « piqué » ; le sixième « meurt en haute cour » (formulation qui fait référence à la mise en scène du juge) ; le septième meurt noyé (« poisson d'avril ») ; le huitième est frappé par une horloge en forme « d'ours » ; le neuvième est tué par une balle (le sang est « vermeil ») tandis que le dixième se pend.

En outre, une comptine est une chanson que chantent les enfants pour désigner celui qui devra sortir du jeu ou courir après les autres. C'est cette fonction d'élimination aléatoire qui permet à Wargrave de supprimer ses victimes de façon ludique : « La comptine des dix petits nègres [...] m'avait fasciné par son inexorable suite de soustractions, par son côté inéluctable... » (p. 212)

UNE LÉGÈRETÉ DE FAÇADE

Il y a donc dans ce roman un aspect enfantin qui vient masquer la noirceur et apporter une certaine légèreté au récit. La comptine en est évidemment l'élément le plus évident. Au-delà de cela, il y a une dimension de jeu très prégnante. En effet, le meurtrier joue avec ses victimes. Il leur laisse des indices sur ce qui les attend et joue lui-même la comédie en se faisant passer pour une victime potentielle. Le jeu s'étend jusqu'au lecteur qui est amené à essayer de dénouer les fils de l'intrigue pour avoir le fin mot de l'histoire. La confession du juge Wargrave, qui intervient à la fin du roman, agit comme la solution d'un jeu, ne servant qu'à confirmer ou non les soupçons du lecteur. Il est à noter que si Wargrave écrit cette confession, c'est aussi par jeu. Dans son délire mégalomaniaque, il est certain que personne ne pourra percer son mystère. Cette confession lui sert donc de trophée et lui permet d'assumer la paternité de cette énigme.

Outre le jeu de cachecache morbide avec les victimes, le lecteur et la police, la légèreté du roman se manifeste aussi par l'absence de considérations morales. À aucun moment, le narrateur ne juge les personnages, pourtant tous accusés de meurtre. Paradoxalement, le seul garant d'une certaine moralité est l'assassin lui-même, puisque c'est lui qui punit des individus tout en commettant les crimes qu'il décide de sanctionner.

L'humour et l'ironie, très présents dans l'œuvre, contribuent à forger cette légèreté de façade en dédramatisant les faits. Citons par exemple les derniers mots d'Anthony Marston buvant à la santé des assassins au moment de mourir empoisonné. Cette apparente insouciance, contrastant avec l'omniprésence de la mort et l'éclosion d'une folie qui saisit les survivants, renforce la noirceur de l'œuvre.

À la fois jeu et roman qui explore la perfidie des hommes, *Dix petits nègres* présente une ambivalence lui permettant de conter sans complexes une histoire très sombre. Il n'y a pas de sentiment moral dans l'œuvre, les survivants ne pleurent pas leurs morts ; ils participent à un jeu cruel au cours duquel tous sont concurrents. Le lecteur lui-même participe au jeu qui cache la tragédie qui se joue sur l'ile.

JUSTICE ET CHÂTIMENTS

Le mobile des crimes commis par le juge Wargrave est la justice. Lombard donne sans le savoir la solution de l'énigme : il explique que le juge, par son métier, a pu être pris d'une folie des grandeurs, d'une mégalomanie qui l'a amené à décider de ce qui est juste ou non. L'assassin considère que ses victimes ont réussi à passer à travers les mailles de la justice et a décidé d'appliquer lui-même le châtiment. Mais est-il réellement question de justice ?

- Wargrave apparait plus comme un vengeur que comme un justicier. La justice semble absente de son raisonnement. Ses victimes n'ont pas l'occasion de se défendre des accusations qui sont lancées contre elles, leur sentence est appliquée par le juge qui se fait aussi bourreau et enquêteur. Il s'agit d'une parodie de justice, dans laquelle cette dernière ne montrerait qu'un visage répressif ;

- la justice qu'applique le juge n'est pas celle de la loi, mais une justice personnelle. Le juge détermine arbitrairement quels sont les crimes les moins graves, tuant ceux qui les ont perpétrés en premier afin de leur éviter la torture psychologique qui attend ceux qui se sont rendus coupables des crimes les plus graves à ses yeux. Notons par ailleurs que la dernière personne à mourir est le juge lui-même, qui a commis le crime le plus grave, bien qu'il se décrive lui-même comme étant un innocent justicier ;

- les victimes sont aussi fautives. Chaque protagoniste s'est rendu coupable d'un crime mortel. Par conséquent, aucun d'entre eux n'est foncièrement innocent : les personnages sont victimes de Wargrave, car ils sont coupables d'un autre crime. Se trouve donc sur l'ile une assemblée de tueurs/tués. Cela renverse le sentiment d'empathie que l'on peut ressentir habituellement pour la figure de la victime innocente. Tout en brouillant les pistes à la lecture lors de la recherche du coupable (il s'agit de trouver un assassin au milieu de dix tueurs), cette ambivalence coupable/innocent donne aux évènements un aspect de châtiment, sans jamais questionner la moralité des actes de chaque personnage.

S'il est question de justice dans *Dix petits nègres*, c'en est une version outrancière et extrémiste, tournée vers la répression. La notion de justice n'est d'ailleurs pas claire dans le roman. Les confessions de Wargrave laissent planer le doute sur ses réelles intentions. La justice est-elle réellement le mobile ou n'est-ce qu'un prétexte ? Le juge parle à la fois de punir des crimes qui ont échappé à la justice et de réussir à commettre le crime parfait. Il est le garant d'une morale qui n'appartient qu'à lui et dont il fixe les limites.

L'ANGOISSE ET LA PEUR

La position de supériorité de Wargrave réside dans le fait qu'il sait ce qui va suivre. Il provoque, sadiquement, un état d'angoisse chez les autres, qui ignorent tout sur celui qui les a invités sur l'ile et sur ce qui leur arrive. Ainsi, pour Mr Rogers, « c'est ça qui [...] met la peur au ventre : n'avoir aucune idée » (p. 121). Après les premiers meurtres, l'angoisse se mue en peur, menant progressivement les personnages soit à se résigner, soit à commettre des erreurs fatales (à l'image du Dr Armstrong qui fait confiance aveuglément à Wargrave, ou de Vera qui, sure de la culpabilité de Lombard, le tue pour survivre).

À cela s'ajoute le sentiment de culpabilité de chacun, ce sur quoi mise Wargrave. D'ailleurs, ce sentiment est tellement accablant chez certains qu'ils finissent par se reconnaitre coupables (c'est le cas du général Macarthur, de Lombard et de Blore). Chacun sait qu'il a des raisons d'avoir peur d'être puni par une condamnation à mort, décidée par un juge invisible et inconnu. C'est dans cette torture psychologique, d'une grande violence et pourtant dissimulée sous un vernis de légèreté, que réside toute la force du roman : les personnages se savent condamnés pour des faits passés sur lesquels ils n'ont plus d'emprise. S'ensuit une attente terrible : ils se savent condamner sans savoir ni quand, ni comment, ni même par qui la mort arrivera.

L'angoisse est un « affect de déplaisir plus ou moins intense qui se manifeste à la place d'un sentiment inconscient chez un sujet dans l'attente de quelque chose qu'il ne peut nommer ». La peur est un « état émotionnel spécifique, susceptible d'être soumis au conditionnement et de jouer un rôle motivateur » (*Larousse*, 1999).

UN RÉCIT EN HUIS CLOS

Les personnages du récit sont tous emprisonnés sur l'île, un lieu clos. Les victimes-coupables sont donc coupées du monde et confinées dans une cage à plusieurs « niveaux » de barrières qui s'emboitent telles des poupées russes :

- la maison est la première cage. Celle-ci a l'allure d'un refuge. C'est une maison moderne équipée, qui n'a au début rien d'inquiétant aux yeux des invités. Lors de la tempête, elle sert même de rempart. Les portes des chambres qui se ferment à clé semblent garantir une sécurité de façade aux victimes. Mais, au cours du récit, la maison se transforme en cage, enfermant les victimes au même endroit que leur assassin. La maison ne peut dès lors plus assumer un rôle de coquille protectrice lorsqu'il devient évident que le danger n'est pas extérieur à l'ile ;

- l'ile est elle-même un espace confiné, une cage qui abrite la geôle constituée par la maison. Il s'agit là d'une prison à ciel ouvert, mais qui, paradoxalement, ne présente aucune issue. Il y a une dimension irrévocable dans ce lieu qui fait que l'on peut y entrer sans pouvoir en sortir. L'ile est également le lieu de la dépendance : on ne peut y échapper par ses propres moyens. C'est enfin un endroit nimbé de mystères et entouré de légendes qui lui donnent un aspect presque fantastique : l'ile est ainsi coupée du monde, au sens propre comme au sens figuré ;
- la tempête qui fait rage et empêche l'arrivée des secours est le troisième niveau d'enfermement des personnages. Il s'agit cette fois d'un obstacle météorologique qui oblige les protagonistes à s'enfermer dans la maison qui, de refuge, deviendra piège mortel. L'état de la mer est l'ultime obstacle à tout espoir de fuite.

Symboliquement, la thématique du huis clos évoque à la fois la prison, mais aussi un purgatoire dans lequel les victimes attendent d'être jugées et punies. Les personnages doivent ainsi se méfier les uns des autres puisque l'innocence est la grande absente du récit. L'ile est un endroit fermé dont les personnages ne peuvent sortir qu'après avoir été tué.

PISTES DE RÉFLEXION

QUELQUES QUESTIONS POUR APPROFONDIR SA RÉFLEXION...

- Les romans d'Agatha Christie sont réputés pour contenir de l'humour. Trouvez dans le roman des épisodes « humoristiques ».
- Lisez un autre roman d'Agatha Christie et mettez en évidence les points communs. Quelles sont leurs similitudes ?
- Établissez un réquisitoire ou un plaidoyer pour chacun des personnages.
- Effectuez une recherche sur la notion de mise en abyme et expliquez la pertinence de ce terme par rapport au roman.
- Quel(s) est/sont le(s) rôle(s) de la comptine ? En quoi participe-t-elle au suspense ?
- Comment adapteriez-vous ce roman à l'époque actuelle, en tenant compte notamment des évolutions technologiques ?
- Peut-on dire que Wargrave a perpétré le crime parfait ? Argumentez.
- Pensez-vous que Wargrave ait rendu la justice en agissant de la sorte ? Défendez votre opinion à l'aide d'arguments.
- En quoi le roman s'inscrit-il dans le genre policier ?
- *Dix petits nègres* est ce qu'on appelle un « mystère en chambre close » : définissez ce terme. Citez au moins deux romans répondant au genre.

Votre avis nous intéresse !
Laissez un commentaire sur le site de votre librairie en ligne
et partagez vos coups de cœur sur les réseaux sociaux !

POUR ALLER PLUS LOIN

ÉDITION DE RÉFÉRENCE

- Christie A., *Dix petits nègres*, traduit de l'anglais par Gérard de Chergé, Paris, Librairie des Champs-Élysées, 1993.

ÉTUDE DE RÉFÉRENCE

- Mijolla-Mellor S., *Meurtre familier. Approche psychanalytique d'Agatha Christie*, Dunod, Paris, 1995.

ADAPTATIONS

- *Dix petits nègres*, film de Peter Collinson avec Charles Aznavour, Elke Sommer, Italie, Allemagne, France, Espagne et Royaume-Uni, 1974.
- *Dix petits nègres*, bande dessinée de François Rivière et Franck Leclerq, Claude Lefranc, France, 1996.
- And Then, There Were None, mini-série télévisée de Craig Viveiros avec Sam Neill, Charles Dance, Royaume-Uni, 2015.

SUR LEPETITLITTÉRAIRE.FR

- Fiche de lecture sur les *Nouvelles policières* d'Agatha Christie.
- Questionnaire portant sur *Dix petits nègres*.

Retrouvez notre offre complète sur lePetitLittéraire.fr

- des fiches de lectures
- des commentaires littéraires
- des questionnaires de lecture
- des résumés

ANOUILH
- Antigone

AUSTEN
- Orgueil et Préjugés

BALZAC
- Eugénie Grandet
- Le Père Goriot
- Illusions perdues

BARJAVEL
- La Nuit des temps

BEAUMARCHAIS
- Le Mariage de Figaro

BECKETT
- En attendant Godot

BRETON
- Nadja

CAMUS
- La Peste
- Les Justes
- L'Étranger

CARRÈRE
- Limonov

CÉLINE
- Voyage au bout de la nuit

CERVANTÈS
- Don Quichotte de la Manche

CHATEAUBRIAND
- Mémoires d'outre-tombe

CHODERLOS DE LACLOS
- Les Liaisons dangereuses

CHRÉTIEN DE TROYES
- Yvain ou le Chevalier au lion

CHRISTIE
- Dix Petits Nègres

CLAUDEL
- La Petite Fille de Monsieur Linh
- Le Rapport de Brodeck

COELHO
- L'Alchimiste

CONAN DOYLE
- Le Chien des Baskerville

DAI SIJIE
- Balzac et la Petite Tailleuse chinoise

DE GAULLE
- Mémoires de guerre III. Le Salut. 1944-1946

DE VIGAN
- No et moi

DICKER
- La Vérité sur l'affaire Harry Quebert

DIDEROT
- Supplément au Voyage de Bougainville

DUMAS
- Les Trois
  Mousquetaires

ÉNARD
- Parlez-leur
  de batailles,
  de rois et
  d'éléphants

FERRARI
- Le Sermon sur la
  chute de Rome

FLAUBERT
- Madame Bovary

FRANK
- Journal
  d'Anne Frank

FRED VARGAS
- Pars vite et
  reviens tard

GARY
- La Vie devant soi

GAUDÉ
- La Mort du
  roi Tsongor
- Le Soleil des
  Scorta

GAUTIER
- La Morte
  amoureuse
- Le Capitaine
  Fracasse

GAVALDA
- 35 kilos d'espoir

GIDE
- Les
  Faux-Monnayeurs

GIONO
- Le Grand
  Troupeau
- Le Hussard
  sur le toit

GIRAUDOUX
- La guerre de
  Troie
  n'aura pas lieu

GOLDING
- Sa Majesté des
  Mouches

GRIMBERT
- Un secret

HEMINGWAY
- Le Vieil Homme
  et la Mer

HESSEL
- Indignez-vous !

HOMÈRE
- L'Odyssée

HUGO
- Le Dernier Jour
  d'un condamné
- Les Misérables
- Notre-Dame
  de Paris

HUXLEY
- Le Meilleur
  des mondes

IONESCO
- Rhinocéros
- La Cantatrice
  chauve

JARY
- Ubu roi

JENNI
- L'Art français
  de la guerre

JOFFO
- Un sac de billes

KAFKA
- La Métamorphose

KEROUAC
- Sur la route

KESSEL
- Le Lion

LARSSON
- Millenium 1. Les
  hommes qui
  n'aimaient pas
  les femmes

LE CLÉZIO
- Mondo

LEVI
- Si c'est un
  homme

LEVY
- Et si c'était vrai…

MAALOUF
- Léon l'Africain

MALRAUX
- La Condition humaine

MARIVAUX
- La Double Inconstance
- Le Jeu de l'amour et du hasard

MARTINEZ
- Du domaine des murmures

MAUPASSANT
- Boule de suif
- Le Horla
- Une vie

MAURIAC
- Le Nœud de vipères

MAURIAC
- Le Sagouin

MÉRIMÉE
- Tamango
- Colomba

MERLE
- La mort est mon métier

MOLIÈRE
- Le Misanthrope
- L'Avare
- Le Bourgeois gentilhomme

MONTAIGNE
- Essais

MORPURGO
- Le Roi Arthur

MUSSET
- Lorenzaccio

MUSSO
- Que serais-je sans toi ?

NOTHOMB
- Stupeur et Tremblements

ORWELL
- La Ferme des animaux
- 1984

PAGNOL
- La Gloire de mon père

PANCOL
- Les Yeux jaunes des crocodiles

PASCAL
- Pensées

PENNAC
- Au bonheur des ogres

POE
- La Chute de la maison Usher

PROUST
- Du côté de chez Swann

QUENEAU
- Zazie dans le métro

QUIGNARD
- Tous les matins du monde

RABELAIS
- Gargantua

RACINE
- Andromaque
- Britannicus
- Phèdre

ROUSSEAU
- Confessions

ROSTAND
- Cyrano de Bergerac

ROWLING
- Harry Potter à l'école des sorciers

SAINT-EXUPÉRY
- Le Petit Prince
- Vol de nuit

SARTRE
- Huis clos
- La Nausée
- Les Mouches

SCHLINK
- Le Liseur

SCHMITT
- La Part de l'autre
- Oscar et la
  Dame rose

SEPULVEDA
- Le Vieux qui
  lisait des romans
  d'amour

SHAKESPEARE
- Roméo et Juliette

SIMENON
- Le Chien jaune

STEEMAN
- L'Assassin
  habite au 21

STEINBECK
- Des souris et
  des hommes

STENDHAL
- Le Rouge et
  le Noir

STEVENSON
- L'Île au trésor

SÜSKIND
- Le Parfum

TOLSTOÏ
- Anna Karénine

TOURNIER
- Vendredi ou
  la Vie sauvage

TOUSSAINT
- Fuir

UHLMAN
- L'Ami retrouvé

VERNE
- Le Tour
  du monde
  en 80 jours
- Vingt mille
  lieues sous
  les mers
- Voyage au
  centre de
  la terre

VIAN
- L'Écume des jours

VOLTAIRE
- Candide

WELLS
- La Guerre des
  mondes

YOURCENAR
- Mémoires
  d'Hadrien

ZOLA
- Au bonheur
  des dames
- L'Assommoir
- Germinal

ZWEIG
- Le Joueur
  d'échecs

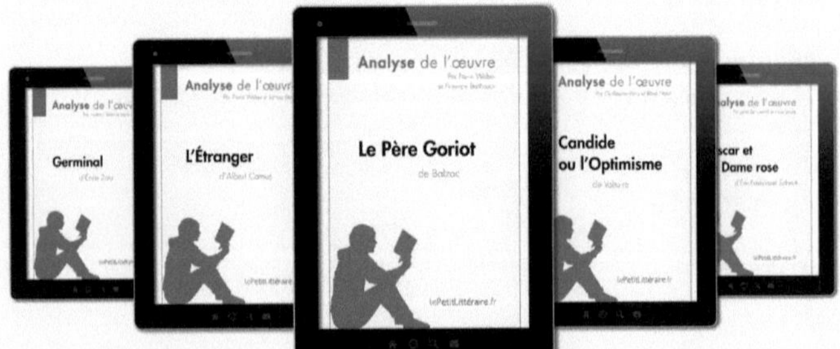

L'éditeur veille à la fiabilité des informations publiées, lesquelles ne pourraient toutefois engager sa responsabilité.

© LePetitLittéraire.fr, 2016. Tous droits réservés.

www.lepetitlitteraire.fr

ISBN version numérique : 978-2-8062-9182-0
ISBN version papier : 978-2-8062-9183-7
Dépôt légal : D/2016/12603/914

Avec la collaboration de Nassim Hamou pour « Un roman policier atypique », « Une légèreté de façade », « Justice et châtiments » et « Un récit en huis-clos ».

Conception numérique : Primento,
le partenaire numérique des éditeurs.

Ce titre a été réalisé avec le soutien de la Fédération Wallonie-Bruxelles, Service général des Lettres et du Livre.